Sempé / Goscinny

Le monde du petit Nicolas

Textes choisis et annotés par
Catherine Bernot

Ernst Klett Schulbuchverlag

1. Auflage 1 5 4 3 2 1 | 1994 93 92 91

Alle Drucke dieser Auflage können im Unterricht nebeneinander benutzt werden, sie sind untereinander unverändert.
Die letzte Zahl bezeichnet das Jahr dieses Druckes.

Umschlaggestaltung: Dieter Gebhardt, Asperg
Satz: G. Müller, Heilbronn
Druck: Stuttgarter Druckerei GmbH, Stuttgart. Printed in Germany.

ISBN 3-12-591460-4

Table des matières

Comment lire un livre en français sans dictionnaire

Vous apprenez le français depuis plusieurs années et vous avez constaté qu'il existe bien plus de mots que vous ne pourrez jamais en retenir. Mais ce n'est pas une raison pour vous décourager!
Si vous avez envie de lire un texte avec plaisir sans être toujours obligé de chercher les mots dans un dictionnaire, lisez attentivement les lignes suivantes.

1. La famille du mot
Un des moyens les plus simples de trouver le sens d'un mot de façon logique est de déterminer sa *famille,* c'est-à-dire sa *racine.*
Par exemple «faire le comptable» (p. 7, l. 3) est de la famille du mot «comptabilité» que vous connaissez déjà: «faire le comptable» c'est faire la comptabilité dans une entreprise.
Un autre exemple: le mot «punition» (p. 11, l. 6) vient du mot «punir»: c'est l'action qui consiste à punir quelqu'un.

2. Mots identiques en allemand, en anglais, en latin
Vous pouvez parfois deviner le sens de mots français à partir de mots allemands, anglais ou latins que vous connaissez.
Par exemple: *l'allée* (p. 12, l. 24) – die Allee (allemand)
endommager (p. 13, l. 6) – damage (anglais)
démolie, démolir (p. 17, l. 23) – demolieren (allemand)
impatient (p. 31, l. 16) – impatient (anglais)

3. Le contexte
C'est le moyen le plus sûr pour trouver la signification d'un mot. Lisez donc attentivement les mots placés avant et après le mot recherché.
Par exemple «démarrer» (p. 13, l. 20): Les parents de Nicolas rentrent chez eux, les Bongrain les accompagnent et «juste

quand Papa allait démarrer...» Qu'est-ce que peut bien faire le père de Nicolas? Il part en voiture... «Démarrer» signifie donc mettre en marche le moteur de la voiture pour partir.
Vous n'avez pas besoin de comprendre chaque mot pour saisir le sens général d'une phrase ou d'un paragraphe. Si vous vous concentrez sur les mots que vous connaissez déjà et sur ceux qui sont expliqués au bas de la page vous pourrez facilement suivre le petit Nicolas dans ses aventures. Seuls sont expliqués les mots qui ne font pas partie du vocabulaire proposé dans Echanges 1–2–3, édition longue, et que vous ne pouvez vraiment pas comprendre sans aide.
Pour faciliter vos débuts nous avons marqué d'un numéro les mots que vous pouvez trouver par vous-mêmes d'après les méthodes indiquées:

[1] – les mots qu'on peut deviner à partir de leur famille.
[2] – les mots qu'on peut deviner à partir de mots semblables en allemand, en anglais ou en latin.
[3] – les mots qu'on peut deviner grâce au contexte.

Notice biographique

René Goscinny
est né le 14 août 1926 à Paris. Il passe son enfance en Argentine et réussit brillamment son bac au collège français de Buenos Aires de même que ses trente-sept camarades... dont certains ne parlent pas français. Après son bac il travaille dans une usine de caoutchouc, va aux Etats-Unis où il devient dessinateur dans une agence de publicité. En 1946 il rentre en France faire son service militaire puis retourne ensuite pour un court séjour aux Etats-Unis. A son retour en France il abandonne le dessin et se met à écrire. En collaboration avec le dessinateur Uderzo il invente les personnages d'Astérix et Obélix, connus entre-temps dans le monde entier. Depuis 1961 23 volumes d'Astérix ont été publiés à des millions d'exemplaires.
Avec Maurice Morris, Goscinny crée ensuite le cow-boy Lukky Luke, que les jeunes connaissent aussi bien qu'Astérix.
Le petit Nicolas est né de la collaboration entre le dessinateur Jean-Jacques Sempé et Goscinny.
Le petit Nicolas est presque aussi célèbre qu'Astérix, Obélix et Lucky Luke.
René Goscinny est mort en 1977.

Jean-Jacques Sempé
est né le 17 août 1932 à Bordeaux. Les études ne l'intéressent que de très loin, beaucoup moins que le dessin humoristique.
A dix-neuf ans il commence à dessiner et peu à peu ses dessins paraissent dans des magazines tels que *Paris-Match* et *L'Express*. Auteur de nombreux albums, Sempé est un des dessinateurs humoristiques français les plus connus.
Les aventures présentées dans ce petit livre sont extraites des volumes *Les vacances du petit Nicolas* (1962) et *Le petit Nicolas et les copains* (1963).

Le chouette bol d'air

Nous sommes invités à passer le dimanche dans la nouvelle maison de campagne de M. Bongrain. M. Bongrain fait le comptable[1] dans le bureau où travaille Papa, et il paraît qu'il a un petit garçon qui a mon âge, qui est très gentil et qui s'appelle Corentin.

Moi, j'étais bien content, parce que j'aime beaucoup aller à la campagne et Papa nous a expliqué que ça ne faisait pas longtemps que M. Bongrain avait acheté sa maison, et qu'il lui avait dit que ce n'était pas loin de la ville. M. Bongrain avait donné tous les détails à Papa par téléphone, et Papa a inscrit[3] sur un papier et il paraît que c'est très facile d'y aller. C'est tout droit, on tourne à gauche au premier feu rouge, on passe sous le pont de chemin de fer, ensuite c'est encore tout droit jusqu'au carrefour, où il faut prendre à gauche, et puis encore à gauche jusqu'à une grande ferme blanche, et puis on tourne à droite par une petite route en terre, et là c'est tout droit et à gauche après la station-service.

On est partis, Papa, Maman et moi, assez tôt le matin dans la voiture, et Papa chantait, et puis il s'est arrêté de chanter à cause de toutes les autres voitures qu'il y avait sur la route. On ne pouvait pas avancer. Et puis Papa a raté le feu rouge où il devait tourner, mais il a dit que ce n'était pas grave, qu'il rattraperait[1] son chemin au carrefour suivant. Mais au carrefour suivant, ils faisaient des tas de travaux et ils avaient mis une pancarte où c'était écrit: «Détour[1]»; et nous nous sommes perdus; et Papa a crié après Maman en lui disant qu'elle lui lisait mal les indications qu'il y avait sur le papier; et Papa a demandé son chemin à des tas de gens qui ne savaient pas; et nous sommes arrivés chez M. Bongrain presque à l'heure du déjeuner, et nous avons cessé de nous disputer.

M. Bongrain est venu nous recevoir à la porte de son jardin.

un bol d'air *fam* frische Luft – 14 **un carrefour** un endroit où plusieurs routes se croisent – 30 **cesser** arrêter

SAM
SUFFI

– Eh bien, il a dit M. Bongrain. On les voit les citadins[1]! Incapables de se lever de bonne heure, hein?

Alors, Papa lui a dit que nous nous étions perdus, et M. Bongrain a eu l'air tout étonné.

– Comment as-tu fait ton compte? il a demandé. C'est tout droit!

Et il nous a fait entrer dans la maison.

Elle est chouette, la maison de M. Bongrain! Pas très grande, mais chouette.

– Attendez, a dit M. Bongrain, je vais appeler ma femme. Et il a crié: «Claire! Claire! Nos amis sont là!»

Et Mme Bongrain est arrivée, elle avait des yeux tout rouges, elle toussait, elle portait un tablier plein de taches noires et elle nous a dit:

– Je ne vous donne pas la main, je suis noire de charbon! Depuis ce matin, je m'escrime à faire marcher cette cuisinière sans y réussir!

M. Bongrain s'est mis à rigoler[3].

– Évidemment, il a dit, c'est un peu rustique[2], mais c'est ça, la vie à la campagne! On ne peut pas avoir une cuisinière électrique, comme dans l'appartement.

– Et pourquoi pas? a demandé Mme Bongrain.

– Dans vingt ans, quand j'aurai fini de payer la maison, on en reparlera, a dit M. Bongrain. Et il s'est mis à rigoler de nouveau.

Mme Bongrain n'a pas rigolé et elle est partie en disant:

– Je m'excuse, il faut que je m'occupe du déjeuner. Je crois qu'il sera très rustique, lui aussi.

– Et Corentin, a demandé Papa, il n'est pas là?

– Mais oui, il est là, a répondu M. Bongrain; mais ce petit crétin est puni, dans sa chambre. Tu ne sais pas ce qu'il a fait, ce

2 **de bonne heure** tôt – 5 **Comment as-tu fait ton compte?** Comment t'es-tu débrouillé? – 13 **tousser** husten – **un tablier** un vêtement qu'on porte à la cuisine – **une tache** Fleck – 15 **le charbon** Kohle – 16 **s'escrimer à faire qc** essayer de faire qc – 31 **un crétin** un idiot

matin, en se levant? Je te le donne en mille: il est monté sur un arbre pour cueillir des prunes! Tu te rends compte? Chacun de ces arbres m'a coûté une fortune, ce n'est tout de même pas pour que le gosse s'amuse à casser les branches, non?

Et puis M. Bongrain a dit que puisque j'étais là, il allait lever la punition[1], parce qu'il était sûr que j'étais un petit garçon sage qui ne s'amuserait pas à saccager le jardin et le potager.

Corentin est venu, il a dit bonjour à Maman, à Papa et on s'est donné la main. Il a l'air assez chouette, pas aussi chouette que les copains de l'école, bien sûr, mais il faut dire que les copains de l'école, eux, ils sont terribles[3].

– On va jouer dans le jardin? j'ai demandé. Corentin a regardé son papa, et son papa a dit:

– J'aimerais mieux pas, les enfants. On va bientôt manger et je ne voudrais pas que vous ameniez de la boue dans la maison. Maman a eu bien du mal à faire le ménage, ce matin.

Alors, Corentin et moi on s'est assis, et pendant que les grands prenaient l'apéritif, nous, on a regardé une revue que j'avais lue à la maison. Et on l'a lue plusieurs fois la revue, parce que Mme Bongrain, qui n'a pas pris l'apéritif avec les autres, était en retard pour le déjeuner. Et puis Mme Bongrain est arrivée, elle a enlevé son tablier et elle a dit:

– Tant pis... A table!

M. Bongrain était tout fier pour le hors-d'œuvre, parce qu'il nous a expliqué que les tomates venaient de son potager, et Papa a rigolé et il a dit qu'elles étaient venues un peu trop tôt, les tomates, parce qu'elles étaient encore toutes vertes. M. Bongrain a répondu que peut-être, en effet, elles n'étaient pas

1 **en se levant** quand il s'est levé – **je te le donne en mille** je te laisse chercher (mais tu ne trouveras pas) – 2 **une prune** un fruit (Pflaume) – 3 **coûter une fortune** coûter très cher – 4 **un gosse** *fam* un enfant – 7 **saccager** détruire – **un potager** un jardin où poussent des légumes – 15 **la boue** Schlamm – 16 **faire le ménage** s'occuper de la maison pour qu'elle soit propre – 23 **tant pis** ça ne fait rien

encore tout à fait mûres, mais qu'elles avaient un autre goût que celles que l'on trouve sur le marché. Moi, ce que j'ai bien aimé, c'est les sardines.

Et puis Mme Bongrain a apporté le rôti, qui était rigolo, parce que dehors il était tout noir, mais dedans c'était comme s'il n'était pas cuit[1] du tout.

– Moi, je n'en veux pas, a dit Corentin. Je n'aime pas la viande crue!

M. Bongrain lui a fait les gros yeux et il lui a dit de finir ses tomates en vitesse et de manger sa viande comme tout le monde, s'il ne voulait pas être puni.

Ce qui n'était pas trop réussi, c'étaient les pommes de terre du rôti; elles étaient un peu dures.

Après le déjeuner, on s'est assis dans le salon. Corentin a repris la revue et Mme Bongrain a expliqué à Maman qu'elle avait une bonne en ville, mais que la bonne ne voulait pas venir travailler à la campagne, le dimanche. M. Bongrain expliquait à Papa combien ça lui avait coûté, la maison, et qu'il avait fait une affaire formidable. Moi, tout ça, ça ne m'intéressait pas, alors j'ai demandé à Corentin si on ne pouvait pas aller jouer dehors où il y avait plein de soleil. Corentin a regardé son papa, et M. Bongrain a dit:

– Mais, bien sûr, les enfants. Ce que je vous demande, c'est de ne pas jouer sur les pelouses, mais sur les allées[2]. Amusez-vous bien, et soyez sages.

Corentin et moi nous sommes sortis, et Corentin m'a dit qu'on allait jouer à la pétanque. J'aime bien la pétanque et je suis terrible pour pointer. On a joué dans l'allée; il y en avait une seule et pas très large; et je dois dire que Corentin, il se défend drôlement.

– Fais attention, m'a dit Corentin; si une boule va sur la pelouse, on pourrait pas la ravoir[1]!

1 **mûr,e** bon, bonne à manger – 8 **cru,e** qui n'est pas cuit – 16 **une bonne** une personne qui aide à faire le ménage – 24 **une pelouse** un terrain couvert d'herbe – 30 **drôlement** *fam ici:* beaucoup, bien

Et puis Corentin a tiré, et bing! sa boule a raté la mienne et elle est allée sur l'herbe. La fenêtre de la maison s'est ouverte tout de suite et M. Bongrain a sorti une tête toute rouge et pas contente:

– Corentin! il a crié. Je t'ai déjà dit plusieurs fois de faire attention et de ne pas endommager[2] cette pelouse! Ça fait des semaines que le jardinier y travaille! Dès que tu es à la campagne, tu deviens intenable! Allez! dans ta chambre jusqu'à ce soir!

Corentin s'est mis à pleurer et il est parti; alors, je suis rentré dans la maison.

Mais nous ne sommes plus restés très longtemps, parce que Papa a dit qu'il préférait partir de bonne heure pour éviter les embouteillages. M. Bongrain a dit que c'était sage, en effet, qu'ils n'allaient pas tarder à rentrer eux-mêmes, dès que Mme Bongrain aurait fini de faire le ménage.

M. et Mme Bongrain nous ont accompagnés jusqu'à la voiture; Papa et Maman leur ont dit qu'ils avaient passé une journée qu'ils n'oublieraient pas, et juste quand Papa allait démarrer[3], M. Bongrain s'est approché de la portière pour lui parler:

– Pourquoi n'achètes-tu pas une maison de campagne, comme moi? a dit M. Bongrain. Bien sûr, personnellement, j'aurais pu m'en passer; mais il ne faut pas être égoïste, mon vieux! Pour la femme et le gosse, tu ne peux pas savoir le bien que ça leur fait, cette détente[3] et ce bol d'air, tous les dimanches!

8 **intenable** très difficile – 23 **se passer de qc** ≠ avoir besoin de qc

Les crayons de couleur

Ce matin, avant que je parte pour l'école, le facteur a apporté un paquet pour moi, un cadeau de mémé[3]. Il est chouette, le facteur!

Papa, qui était en train de prendre son café au lait, a dit: «Aïe, aïe, aïe, des catastrophes[2] en perspective!» et Maman, ça ne lui a pas plu que Papa dise ça, et elle s'est mise à crier que chaque fois que sa maman, ma mémé, faisait quelque chose, Papa trouvait à redire, et Papa a dit qu'il voulait prendre son café au lait tranquille, et Maman lui a dit que, oh! bien sûr, elle était juste bonne à préparer le café au lait et à faire le ménage, et Papa a dit qu'il n'avait jamais dit ça, mais que ce n'était pas trop demander que de vouloir un peu la paix à la maison, lui qui travaillait durement pour que Maman ait de quoi préparer le café au lait. Et pendant que Papa et Maman parlaient, moi j'ai ouvert le paquet, et c'était terrible: c'était une boîte de crayons de couleur! J'étais tellement content que je me suis mis à courir, à sauter et à danser dans la salle à manger avec ma boîte, et tous les crayons sont tombés.

– Ça commence bien! a dit Papa.

– Je ne comprends pas ton attitude[2], a dit Maman. Et puis, d'abord, je ne vois pas quelles sont les catastrophes que peuvent provoquer[3] ces crayons de couleur! Non, vraiment je ne vois pas!

– Tu verras, a dit Papa.

Et il est parti à son bureau. Maman m'a dit de ramasser[3] mes crayons de couleur, parce que j'allais être en retard pour l'école. Alors, moi je me suis dépêché de remettre les crayons dans la boîte et j'ai demandé à Maman si je pouvais les emmener à l'école. Maman m'a dit que oui, et elle m'a dit de faire attention et de ne pas avoir d'histoires avec mes crayons de couleur. J'ai promis, j'ai mis la boîte dans mon cartable et je suis parti. Je

8 **trouver à redire** faire des critiques – 15 **terrible** *ici:* chouette – 28 **emmener** emporter (*on dit emporter pour les choses et emmener pour les personnes, il faut excuser Nicolas)* – 31 **un cartable** un sac d'écolier

ne comprends pas Maman et Papa; chaque fois que je reçois un cadeau, ils sont sûrs que je vais faire des bêtises.

Je suis arrivé à l'école juste quand la cloche sonnait pour entrer en classe. Moi, j'étais tout fier de ma boîte de crayons de couleur et j'étais impatient de la montrer aux copains. C'est vrai, à l'école, c'est toujours Geoffroy qui apporte des choses que lui achète son papa, qui est très riche, et là, j'étais bien content de lui montrer, à Geoffroy, qu'il n'y avait pas que lui qui avait des chouettes cadeaux, c'est vrai, quoi, à la fin, sans blague…

En classe, la maîtresse a appelé Clotaire au tableau et, pendant qu'elle l'interrogeait, j'ai montré ma boîte à Alceste, qui est assis à côté de moi.

– C'est rien chouette, m'a dit Alceste.

– C'est ma mémé qui me les a envoyés, j'ai expliqué.

– Qu'est-ce que c'est? a demandé Joachim.

Et Alceste a passé la boîte à Joachim, qui l'a passée à Maixent, qui l'a passée à Eudes, qui l'a passée à Rufus, qui l'a passée à Geoffroy, qui a fait une drôle de tête.

Mais comme ils étaient tous là à ouvrir la boîte et à sortir les crayons pour les regarder et pour les essayer, moi j'ai eu peur que la maîtresse les voie et se mette à confisquer[3] les crayons. Alors, je me suis mis à faire des gestes à Geoffroy pour qu'il me rende la boîte, et la maîtresse a crié:

– Nicolas! Qu'est-ce que vous avez à remuer[3] et à faire le pitre?

Elle m'a fait drôlement peur, la maîtresse, et je me suis mis à pleurer, et je lui ai expliqué que j'avais une boîte de crayons de couleur que m'avait envoyée ma mémé, et que je voulais que les autres me la rendent. La maîtresse m'a regardé avec des gros yeux[3], elle a fait un soupir et elle a dit:

– Bien. Que celui qui a la boîte de Nicolas la lui rende.

Geoffroy s'est levé et m'a rendu la boîte. Et moi, j'ai regardé dedans, et il manquait des tas de crayons.

9 **sans blague** sans rire – 14 **c'est rien chouette** *fam* c'est très chouette – 25 **faire le pitre** faire l'idiot, le clown – 31 **un soupir** Seufzer

– Qu'est-ce qu'il y a encore? m'a demandé la maîtresse.

– Il manque des crayons, je lui ai expliqué.

– Que celui qui a les crayons de Nicolas les lui rende, a dit la maîtresse.

Alors, tous les copains se sont levés pour venir m'apporter les crayons. La maîtresse s'est mise à taper[3] sur son bureau avec sa règle et elle nous a donné des punitions à tous; nous devons conjuguer le verbe: «Je ne dois pas prendre prétexte des crayons de couleur pour interrompre le cours et semer le désordre[1] dans la classe.» Le seul qui n'a pas été puni, à part Agnan qui est le chouchou de la maîtresse et qui était absent parce qu'il a les oreillons, c'est Clotaire, qui était interrogé au tableau. Lui, il a été privé de récré, comme d'habitude chaque fois qu'il est interrogé.

Quand la récré a sonné, j'ai emmené ma boîte de crayons de couleur avec moi, pour pouvoir en parler avec les copains, sans risquer d'avoir des punitions. Mais dans la cour, quand j'ai ouvert la boîte, j'ai vu qu'il manquait le crayon jaune.

– Il me manque le jaune! j'ai crié. Qu'on me rende le jaune!

– Tu commences à nous embêter, avec tes crayons, a dit Geoffroy. A cause de toi, on a été punis!

Alors, là, je me suis mis drôlement en colère.

– Si vous n'aviez pas fait les guignols, il ne serait rien arrivé, j'ai dit. Ce qu'il y a, c'est que vous êtes tous des jaloux! Et si je ne retrouve pas le voleur, je me plaindrai!

– C'est Eudes qui a le jaune, a crié Rufus, il est tout rouge!... Eh! vous avez entendu, les gars? J'ai fait une blague: j'ai dit qu'Eudes avait volé le jaune parce qu'il était tout rouge!

Et tous se sont mis à rigoler, et moi aussi, parce qu'elle était bonne celle-là, et je la raconterai à Papa. Le seul qui n'a pas rigolé, c'est Eudes, qui est allé vers Rufus et qui lui a donné un coup de poing[3] sur le nez.

7 **une règle** un instrument qu'on emploie pour tirer des traits – 8 **prendre prétexte** zum Anlaß nehmen – 11 **le chouchou** le préféré – 12 **les oreillons** *m* [ɔrɛjɔ̃] une maladie d'enfants – 13 **priver qn de récré** défendre à qn d'aller en récréation – 23 **faire le guignol** *m* [giɲɔl] faire le clown

– Alors, c'est qui le voleur? a demandé Eudes, et il a donné un coup de poing sur le nez de Geoffroy.

– Mais je n'ai rien dit, moi! a crié Geoffroy, qui n'aime pas recevoir des coups de poing sur le nez, surtout quand c'est Eudes qui les donne. Moi, ça m'a fait rigoler, le coup de Geoffroy qui recevait un coup de poing sur le nez quand il ne s'y attendait pas! Et Geoffroy a couru vers moi, et il m'a donné une claque, en traître, et ma boîte de crayons de couleur est tombée et nous nous sommes battus. Le Bouillon – c'est notre surveillant – il est arrivé en courant, il nous a séparés, il nous a traités de bande de petits sauvages[2], il a dit qu'il ne voulait même pas savoir de quoi il s'agissait et il nous a donné cent lignes à chacun.

– Moi, j'ai rien à voir là-dedans, a dit Alceste, j'étais en train de manger ma tartine.

– Moi non plus, a dit Joachim, j'étais en train de demander à Alceste de m'en donner un bout.

– Tu peux toujours courir! a dit Alceste. Alors, Joachim a donné une baffe[3] à Alceste, et le Bouillon leur a donné deux cents lignes à chacun.

Quand je suis revenu à la maison pour déjeuner, j'étais pas content du tout; ma boîte de crayons de couleur était démolie[2], il y avait des crayons cassés et il me manquait toujours le jaune. Et je me suis mis à pleurer dans la salle à manger, en expliquant à Maman le coup des punitions. Et puis Papa est entré, et il a dit:

– Allons, je vois que je ne m'étais pas trompé, il y a eu des catastrophes avec ces crayons de couleur!

– Il ne faut rien exagérer[2], a dit Maman.

Et puis on a entendu un grand bruit: c'était Papa qui venait de tomber en mettant le pied sur mon crayon jaune, qui était devant la porte de la salle à manger.

8 **une claque** un coup sur la figure donné avec le main – **un traître** Verräter – 11 **traiter qn de qc** dire que qn est qc – 12 **donner cent lignes** donner cent lignes à copier en punition – 15 **une tartine** un morceau de pain avec du beurre – 18 **Tu peux toujours courir!** Tu peux attendre longtemps!

La pluie

Moi, j'aime bien la pluie quand elle est très, très forte, parce qu'alors je ne vais pas à l'école et je reste à la maison et je joue au train électrique. Mais aujourd'hui, il ne pleuvait pas assez et j'ai dû aller en classe.

Mais vous savez, avec la pluie, on rigole quand même; on s'amuse à lever la tête et à ouvrir la bouche pour avaler[3] des gouttes d'eau, on marche dans les flaques[3] et on y donne des grands coups de pied pour éclabousser[3] les copains, on s'amuse à passer sous les gouttières, et ça fait froid comme tout quand l'eau vous rentre dans le col de la chemise, parce que, bien sûr, ça ne vaut pas de passer sous les gouttières avec l'imperméable boutonné jusqu'au cou. Ce qui est embêtant, c'est que pour la récré on ne nous laisse pas descendre dans la cour pour qu'on ne se mouille pas.

En classe, la lumière était allumée, et ça faisait drôle, et une chose que j'aime bien, c'est de regarder sur les fenêtre les gouttes d'eau qui font la course pour arriver jusqu'en bas. On dirait des rivières. Et puis la cloche a sonné, et la maîtresse nous a dit: «Bon, c'est la récréation; vous pouvez parler entre vous, mais soyez sages.»

Alors, on a tous commencé à parler à la fois, et ça faisait un drôle de bruit; il fallait crier fort pour se faire écouter et la maîtresse a fait un soupir, elle s'est levée et elle est sortie dans le couloir, en laissant la porte ouverte, et elle s'est mise à parler avec les autres maîtresses, qui ne sont pas aussi chouettes que la nôtre, et c'est pour ça qu'on essaie de ne pas trop la faire enrager.

– Allez, a dit Eudes. On joue à la balle au chasseur[1].

– T'es pas un peu fou? a dit Rufus. Ça va faire des histoires avec la maîtresse, et puis c'est sûr, on va casser une vitre!

– Ben, a dit Joachim, on n'a qu'à ouvrir les fenêtres!

9 **une gouttière** Dachrinne – 12 **un imperméable** [ɛ̃pɛrmeabl] un manteau qu'on porte quand il pleut – 14 **se mouiller** [muje] naß werden – 26 **faire enrager qn** embêter, énerver

Ça, c'était une drôlement bonne idée, et nous sommes tous allés ouvrir les fenêtres, sauf Agnan qui repassait sa leçon d'histoire en la lisant tout haut, les mains sur les oreilles. Il est fou, Agnan! Et puis, on a ouvert la fenêtre; c'était chouette parce que le vent soufflait vers la classe et on s'est amusés à recevoir l'eau sur la figure, et puis on a entendu un grand cri: c'était la maîtresse qui venait d'entrer.

– Mais vous êtes fous! elle a crié, la maîtresse. Voulez-vous fermer ces fenêtres tout de suite!

– C'est à cause de la balle au chasseur, mademoiselle, a expliqué Joachim.

Alors, la maîtresse nous a dit qu'il n'était pas question que nous jouions à la balle, elle nous a fait fermer les fenêtres et elle nous a dit de nous asseoir tous. Mais ce qui était embêtant, c'est que les bancs qui étaient près des fenêtres étaient tout mouillés, et l'eau, si c'est chouette de la recevoir sur la figure, c'est embêtant de s'asseoir dedans. La maîtresse a levé les bras, elle a dit que nous étions insupportables[1] et elle a dit qu'on s'arrange pour nous caser[3] sur les bancs secs. Alors, ça a fait un peu de bruit, parce que chacun cherchait à s'asseoir, et il y avait des bancs où il y avait cinq copains, et à plus de trois copains on est très serrés sur les bancs. Moi, j'étais avec Rufus, Clotaire et Eudes. Et puis la maîtresse a frappé avec sa règle sur son bureau et elle a crié: «Silence!» Plus personne n'a rien dit, sauf Agnan qui n'avait pas entendu et qui continuait à repasser sa leçon d'histoire. Il faut dire qu'il était tout seul sur son banc, parce que personne n'a envie de s'asseoir à côté de ce sale chouchou, sauf pendant les compositions. Et puis Agnan a levé la tête, il a vu la maîtresse et il s'est arrêté de parler.

– Bien, a dit la maîtresse. Je ne veux plus vous entendre. A la moindre incartade, je sévirai! Compris? Maintenant, répartissez-vous un peu mieux sur les bancs, et en silence!

2 **repasser** *ici:* relire une leçon pour l'apprendre – 28 **sauf** außer – 32 **le/la moindre** le/la plus petit(e) – **une incartade** une bêtise – **sévir** punir

Alors, on s'est tous levés, et sans rien dire nous avons changé de place; ce n'était pas le moment de faire les guignols, elle avait l'air drôlement fâchée[3], la maîtresse! Je me suis assis avec Geoffroy, Maixent, Clotaire et Alceste, et on n'était pas très bien parce qu'Alceste prend une place terrible et il fait des miettes[3] partout avec ses tartines. La maîtresse nous a regardés un bon coup, elle a fait un gros soupir et elle est sortie de nouveau parler aux autres maîtresses.

Et puis Geoffroy s'est levé, il est allé vers le tableau noir, et avec la craie il a dessiné un bonhomme[1] amusant comme tout, même s'il lui manquait le nez, et il a écrit: «Maixent est un imbécile.» Ça, ça nous a tous fait rigoler, sauf Agnan qui s'était remis à son histoire et Maixent qui s'est levé et qui est allé vers Geoffroy pour lui donner une claque. Geoffroy, bien sûr, s'est défendu, mais on était à peine tous debout en train de crier, que la maîtresse est entrée en courant, et elle était toute rouge, avec de gros yeux; je ne l'avais pas vue aussi fâchée depuis au moins une semaine. Et puis, quand elle a vu le tableau noir, ça a été pire que tout.

– Qui a fait ça? a demandé la maîtresse.

– C'est Geoffroy, a répondu Agnan.

– Espèce de sale cafard[3]! a crié Geoffroy, tu vas avoir une baffe, tu sais!

– Ouais! a crié Maixent. Vas-y, Geoffroy!

– Alors, ç'a été terrible. La maîtresse s'est mise drôlement en colère, elle a tapé avec sa règle des tas de fois sur son bureau. Agnan s'est mis à crier et à pleurer, il a dit que personne ne l'aimait, que c'était injuste, que tout le monde profitait de lui, qu'il allait mourir et se plaindre à ses parents, et tout le monde était debout, et tout le monde criait; on rigolait bien.

– Assis! a crié la maîtresse. Pour la dernière fois, assis! Je ne veux plus vous entendre! Assis!

Alors, on s'est assis. J'étais avec Rufus, Maixent et Joachim, et le directeur est entré dans la classe.

– Debout! a dit la maîtresse.

19 **pire que tout** schlimmer denn je

– Assis! a dit le directeur.

Et puis il nous a regardés et il a demandé à la maîtresse:

– Que se passe-t-il ici? On entend crier vos élèves dans toute l'école! C'est insupportable! Et puis, pourquoi sont-il assis à quatre ou cinq par banc, alors qu'il y a des bancs vides? Que chacun retourne à sa place!

On s'est tous levés, mais la maîtresse a expliqué au directeur le coup des bancs mouillés. Le directeur a eu l'air étonné et il a dit que bon, qu'on revienne aux places que nous venions de quitter. Alors, je me suis assis avec Alceste, Rufus, Clotaire, Joachim et Eudes; on était drôlement serrés. Et puis le directeur a montré le tableau noir du doigt et il a demandé:

– Qui a fait ça? Allons, vite!

Et Agnan n'a pas eu le temps de parler, parce que Geoffroy s'est levé en pleurant et en disant que ce n'était pas de sa faute.

– Trop tard pour les regrets et les pleurnicheries[1], mon petit ami, a dit le directeur. Vous êtes sur une mauvaise pente: celle qui conduit au bagne; mais moi je vais vous faire perdre l'habitude d'utiliser un vocabulaire grossier et d'insulter[2] vos condisciples[3]! Vous allez me copier cinq cents fois ce que vous avez écrit sur le tableau. Compris?... Quant à vous autres, et bien que la pluie ait cessé, vous ne descendrez pas dans la cour de récréation aujourd'hui. Ça vous apprendra un peu le respect[2] de la discipline; vous resterez en classe sous la surveillance[1] de votre maîtresse!

Et quand le directeur est parti, quand on s'est rassis, avec Geoffroy et Maixent, à notre banc, on s'est dit que la maîtresse était vraiment chouette, et qu'elle nous aimait bien, nous qui, pourtant, la faisons quelquefois enrager. C'était elle qui avait l'air la plus embêtée de nous tous quand elle a su qu'on n'aurait pas le droit de descendre dans la cour aujourd'hui!

17 **être sur une mauvaise pente** auf die schiefe Bahn geraten – 18 **le bagne** la prison

Les athlètes

Je ne sais pas si je vous ai déjà dit que dans le quartier il y a un terrain vague où des fois nous allons jouer avec les copains.

Il est terrible, le terrain vague! Il y a de l'herbe, des pierres, un vieux matelas, une auto qui n'a plus de roues mais qui est encore très chouette et elle nous sert d'avion, vroum, ou d'autobus, ding ding; il y a des boîtes et aussi, quelquefois, des chats; mais avec eux, c'est difficile de rigoler, parce que quand ils nous voient arriver, ils s'en vont.

On était dans le terrain vague, tous les copains, et on se demandait à quoi on allait jouer, puisque le ballon de foot d'Alceste est confisqué jusqu'à la fin du trimestre.

– Si on jouait à la guerre? a demandé Rufus.

– Tu sais bien, a répondu Eudes, que chaque fois qu'on veut jouer à la guerre, on se bat parce que personne ne veut faire l'ennemi.

– Moi, j'ai une idée, a dit Clotaire. Si on faisait une réunion d'athlétisme?

Et Clotaire nous a expliqué qu'il avait vu ça à la télé, et que c'était très chouette. Qu'il y avait des tas d'épreuves, que tout le monde faisait des tas de choses en même temps, et que les meilleurs c'étaient les champions et qu'on les faisait monter sur un escabeau et qu'on leur donnait des médailles.

– Et l'escabeau et les médailles, a demandé Joachim, d'où tu vas les sortir?

– On fera comme si, a répondu Clotaire.

Ça, c'était une bonne idée, alors on a été d'accord.

– Bon, a dit Clotaire, la première épreuve, ça sera le saut en hauteur.

– Moi, je saute pas, a dit Alceste.

2 **un terrain vague** un terrain non construit – 4 **un matelas** [matla] Matratze – 19 **une épreuve** Wettkampf – 22 **un escabeau** Hocker – 25 **faire comme si** so tun als ob

– Il faut que tu sautes, a dit Clotaire. Tout le monde doit sauter!

– Non, monsieur, a dit Alceste. Je suis en train de manger, et si je saute je vais être malade, et si je suis malade, je ne pourrai pas finir mes tartines avant le dîner. Je ne saute pas.

– Bon, a dit Clotaire. Tu tiendras la ficelle par-dessus laquelle nous devrons sauter. Parce qu'il nous faut une ficelle.

Alors, on a cherché dans nos poches, on a trouvé des billes, des boutons, des timbres et un caramel, mais pas de ficelle.

– On n'a qu'à prendre une ceinture, a dit Geoffroy.

Ben non, a dit Rufus. On peut pas sauter bien s'il faut tenir son pantalon en même temps.

– Alceste ne saute pas, a dit Eudes. Il n'a qu'à nous prêter sa ceinture.

– Je n'ai pas de ceinture, a dit Alceste. Mon pantalon, il tient tout seul.

– Je vais chercher par terre, voir si je ne trouve pas un bout de ficelle, a dit Joachim.

Maixent a dit que chercher un bout de ficelle dans le terrain vague, c'était un drôle de travail, et qu'on ne pouvait pas passer l'après-midi à chercher un bout de ficelle, et qu'on devrait faire autre chose.

– Hé, les gars! a crié Geoffroy. Si on faisait un concours sur celui qui marche le plus longtemps sur les mains? Regardez-moi? Regardez-moi!

Et Geoffroy s'est mis à marcher sur les mains, et il fait ça très bien; mais Clotaire lui a dit qu'il n'avait jamais vu des épreuves de marcher sur les mains dans les réunions d'athlétisme, imbécile.

– Imbécile? Qui est un imbécile? a demandé Geoffroy en s'arrêtant de marcher.

Et Geoffroy s'est remis à l'endroit[3] et il est allé se battre avec Clotaire.

6 **une ficelle** Schnur – 8 **une bille** [bij] une petite boule de verre – 23 **un concours** Wettbewerb – 29 **un imbécile** un idiot

– Dites, les gars, a dit Rufus, si c'est pour se battre et pour faire les guignols, ce n'est pas la peine de venir dans le terrain vague; on peut très bien faire ça à l'école.

Et comme il avait raison, Clotaire et Geoffroy ont cessé de se battre, et Geoffroy a dit à Clotaire qu'il le prendrait où il voudrait, quand il voudrait et comment il voudrait.

– Tu me fais pas peur, Bill, a dit Clotaire. Au ranch, nous savons comment les traiter, les coyotes[2] de ton espèce.

– Alors, a dit Alceste, on joue aux cow-boys, ou vous sautez?

– T'as déjà vu sauter sans ficelle? a demandé Maixent.

– Ouais, garçon, a dit Geoffroy. Dégaine!

Et Geoffroy a fait pan! pan! avec son doigt comme revolver, et Rufus s'est attrapé le ventre avec les deux mains, il a dit: «Tu m'as eu, Tom!» et il est tombé dans l'herbe.

– Puisqu'on ne peut pas sauter, a dit Clotaire, on va faire des courses.

– Si on avait de la ficelle, a dit Maixent, on pourrait faire des courses de haies.

Clotaire a dit alors que puisqu'on n'avait pas de ficelle, eh bien, on ferait un 100 mètres, de la palissade jusqu'à l'auto.

– Et ça fait 100 mètres, ça? a demandé Eudes.

– Qu'est-ce que ça peut faire? a dit Clotaire. Le premier qui arrive à l'auto a gagné le 100 mètres, et tant pis pour les autres.

Mais Maixent a dit que ce ne serait pas comme les vraies courses de 100 mètres, parce que dans les vraies courses, au bout, il y a une ficelle, et le gagnant casse la ficelle avec la poitrine, et Clotaire a dit à Maixent qu'il commençait à l'embêter avec sa ficelle, et Maixent lui a répondu qu'on ne se met pas à organiser des réunions d'athlétisme quand on n'a pas de ficelle, et Clotaire lui a répondu qu'il n'avait pas de ficelle, mais qu'il avait une main et qu'il allait la mettre sur la figure de Maixent. Et Maixent lui a demandé d'essayer un peu, et Clotaire

12 **dégainer** sortir (son revolver) – 19 **une course de haies** une course où il faut sauter par dessus des barrières – 21 **une palissade** une sorte de mur en bois

aurait réussi si Maixent ne lui avait pas donné un coup de pied d'abord.

Quand ils ont fini de se battre, Clotaire était très fâché. Il a dit que nous n'y connaissions rien à l'athlétisme, et qu'on était tous des minables, et puis on a vu arriver Joachim en courant, tout content.

– Hé, les gars! Regardez! J'ai trouvé un bout de fil de fer[1]!

Alors Clotaire a dit que c'était très chouette et qu'on allait pouvoir continuer la réunion, et que comme on en avait tous un peu assez des épreuves de saut et de course, on allait jeter le marteau. Clotaire nous a expliqué que le marteau, ce n'était pas un vrai marteau, mais un poids, attaché à une ficelle, qu'on faisait tourner très vite et qu'on lâchait[3]. Celui qui lançait le marteau le plus loin, c'était le champion. Clotaire a fait le marteau avec le bout de fil de fer et une pierre attachée au bout.

– Je commence, parce que c'est moi qui ai eu l'idée, a dit Clotaire. Vous allez voir ce jet[1]!

Clotaire s'est mis à tourner sur lui-même des tas de fois avec le marteau, et puis il l'a lâché.

On a arrêté la réunion d'athlétisme et Clotaire disait que c'était lui le champion. Mais les autres disaient que non; que puisqu'ils n'avaient pas jeté le marteau, on ne pouvait pas savoir qui avait gagné.

Mais moi je crois que Clotaire avait raison. Il aurait gagné de toute façon, parce que c'est un drôle de jet, du terrain vague jusqu'à la vitrine de l'épicerie de M. Compani!

5 **être un minable** être très mauvais, nul – 11 **un marteau** Hammer

Il faut être raisonnable

Ce qui m'étonne, moi, c'est qu'à la maison on n'a pas encore parlé de vacances! Les autres années, Papa dit qu'il veut aller quelque part, Maman dit qu'elle veut aller ailleurs, ça fait des tas d'histoires. Papa et Maman disent que puisque c'est comme ça ils préfèrent rester à la maison, moi je pleure, et puis on va où voulait aller Maman. Mais cette année, rien.

Pourtant, les copains de l'école se préparent tous à partir. Geoffroy, qui a un papa très riche, va passer ses vacances dans la grande maison que son papa a au bord de la mer. Geoffroy nous a dit qu'il a un morceau de plage pour lui tout seul, où personne d'autre n'a le droit de venir faire des pâtés. Ça, c'est peut-être des blagues, parce qu'il faut dire que Geoffroy est très menteur.

Agnan, qui est le premier de la classe et le chouchou de la maîtresse, s'en va en Angleterre passer ses vacances dans une école où on va lui apprendre à parler l'anglais. Il est fou, Agnan.

Alceste va manger des truffes[2] en Périgord, où son papa a un ami qui a une charcuterie. Et c'est comme ça pour tous: ils vont à la mer, à la montagne ou chez leurs mémés à la campagne. Il n'y a que moi qui ne sais pas encore où je vais aller, et c'est très embêtant, parce qu'une des choses que j'aime le mieux dans les vacances, c'est d'en parler avant et après aux copains.

C'est pour ça qu'à la maison, aujourd'hui, j'ai demandé à Maman où on allait partir en vacances. Maman, elle a fait une drôle de figure, elle m'a embrassé sur la tête et elle m'a dit que nous allions en parler «quand Papa sera de retour, mon chéri», et que j'aille jouer dans le jardin, maintenant.

Alors, je suis allé dans le jardin et j'ai attendu Papa, et quand il est arrivé de son bureau, j'ai couru vers lui; il m'a pris

raisonnable vernünftig – 11 **faire des pâtés (de sable)** Sandburgen bauen

dans ses bras, il m'a fait «Ouplà!» et je lui ai demandé où nous allions partir en vacances. Alors, Papa a cessé de rigoler, il m'a posé par terre et il m'a dit qu'on allait en parler dans la maison, où nous avons trouvé Maman assise dans le salon.

– Je crois que le moment est venu, a dit Papa.

– Oui, a dit Maman, il m'en a parlé tout à l'heure.

– Alors, il faut le lui dire, a dit Papa.

– Eh bien, dis-lui, a dit Maman.

– Pourquoi moi? a demandé Papa; tu n'as qu'à lui dire, toi.

– Moi? c'est à toi à lui dire, a dit Maman; l'idée est de toi.

– Pardon, pardon, a dit Papa, tu étais d'accord avec moi, tu as même dit que ça lui ferait le plus grand bien, et à nous aussi. Tu as autant de raisons que moi de le lui dire.

– Ben alors, j'ai dit, on parle des vacances ou on ne parle pas des vacances? Tous les copains partent et moi je vais avoir l'air d'un guignol si je ne peux pas leur dire où nous allons et ce que nous allons y faire.

Alors, Papa s'est assis dans le fauteuil, il m'a pris par les mains et il m'a tiré contre ses genoux.

– Mon Nicolas est un grand garçon raisonnable, n'est-ce pas? a demandé Papa.

– Oh! oui, a répondu Maman, c'est un homme maintenant!

Moi, j'aime pas trop quand on me dit que je suis un grand garçon, parce que d'habitude, quand on me dit ça, c'est qu'on va me faire faire des choses qui ne me plaisent pas.

– Et je suis sûr, a dit Papa, que mon grand garçon aimerait bien aller à la mer!

– Oh! oui, j'ai dit.

– Aller à la mer, nager, pêcher, jouer sur la plage, se promener dans les bois, a dit Papa.

– Il y a des bois, là où on va? j'ai demandé. Alors c'est pas là où on a été l'année dernière?

– Ecoute, a dit Maman à Papa. Je ne peux pas. Je me demande si c'est une si bonne idée que ça. Je préfère y renoncer. Peut-être, l'année prochaine...

– Non! a dit Papa. Ce qui est décidé est décidé. Un peu de courage, que diable! Et Nicolas va être très raisonnable; n'est-ce pas, Nicolas?

Moi j'ai dit que oui, que j'allais être drôlement raisonnable. J'étais bien content, avec le coup de la mer et de la plage, j'aime beaucoup ça. La promenade dans les bois, c'est moins rigolo, sauf pour jouer à cache-cache[1]; alors là, c'est terrible.

– Et on va aller à l'hôtel? j'ai demandé.

– Pas exactement, a dit Papa. Je... je crois que tu coucheras sous la tente. C'est très bien, tu sais...

Alors là, j'étais content comme tout.

– Sous la tente, comme les Indiens dans le livre que m'a donné tante Dorothée? j'ai demandé.

– C'est ça, a dit Papa.

– Chic! j'ai crié. Tu me laisseras t'aider à monter la tente? Et à faire du feu pour cuire le manger? Et tu m'apprendras à faire de la pêche sous-marine[1] pour apporter des gros poissons à Maman? Oh! ça va être chic, chic, chic!

Papa s'est essuyé[3] la figure avec son mouchoir[3], comme s'il avait très chaud, et puis il m'a dit:

– Nicolas, nous devons parler d'homme à homme. Il faut que tu sois très raisonnable.

– Et si tu es bien sage et tu te conduis comme un grand garçon, a dit Maman, ce soir, pour le dessert, il y aura de la tarte.

– Et je ferai réparer ton vélo, comme tu me le demandes, depuis si longtemps, a dit Papa. Alors, voilà... Il faut que je t'explique quelque chose...

– Je vais à la cuisine, a dit Maman.

– Non! reste! a dit Papa. Nous avions décidé de le lui dire ensemble...

Alors Papa a toussé un peu dans sa gorge, il m'a mis ses mains sur mes épaules et puis il m'a dit:

– Nicolas, mon petit, nous ne partirons pas avec toi en vacances. Tu iras seul, comme un grand.

– Comment, seul? j'ai demandé. Vous ne partez pas, vous?

– Nicolas, a dit Papa, je t'en prie, sois raisonnable. Maman et moi, nous irons faire un petit voyage, et comme nous avons pensé que ça ne t'amuserait pas, nous avons décidé que toi tu irais en colonie de vacances. Ça te fera le plus grand bien, tu seras avec des petits camarades de ton âge et tu t'amuseras beaucoup...

– Bien sûr, c'est la première fois que tu seras séparé de nous, Nicolas, mais c'est pour ton bien, a dit Maman.

– Alors, Nicolas, mon grand... qu'est-ce que tu en dis? m'a demandé Papa.

– Chouette! j'ai crié, et je me suis mis à danser dans le salon. Parce que c'est vrai, il paraît que c'est terrible, les colonies de vacances: on se fait des tas de copains, on fait des promenades, des jeux, on chante autour d'un gros feu, et j'étais tellement content que j'ai embrassé Papa et Maman.

Pour le dessert, la tarte a été très bonne, et j'en ai eu plusieurs fois parce que ni Papa ni Maman n'en ont mangé. Ce qui est drôle, c'est que Papa et Maman me regardaient avec des gros yeux ronds. Ils avaient même l'air un peu fâché.

Pourtant, je ne sais pas, moi, mais je crois que j'ai été raisonnable, non?

10 **l'épaule** *f* Schulter – 20 **séparer** trennen

Le départ

Aujourd'hui, je pars en colonie de vacances et je suis bien content. La seule chose qui m'ennuie, c'est que Papa et Maman ont l'air un peu tristes; c'est sûrement parce qu'ils ne sont pas habitués à rester seuls pendant les vacances.

Maman m'a aidé à faire la valise, avec les chemisettes, les shorts, les espadrilles, les petites autos, le maillot de bain, les serviettes, la locomotive du train électrique, les œufs durs, les bananes, les sandwiches au saucisson et au fromage, le filet pour les crevettes[2], le pull à manches longues, les chaussettes et les billes. Bien sûr, on a dû faire quelques paquets parce que la valise n'était pas assez grande, mais ça ira.

Moi, j'avais peur de rater le train, et après le déjeuner, j'ai demandé à Papa s'il ne valait pas mieux partir tout de suite pour la gare. Mais Papa m'a dit que c'était encore un peu tôt, que le train partait à 6 heures du soir et que j'avais l'air bien impatient[2] de les quitter. Et Maman est partie dans la cuisine avec son mouchoir[3], en disant qu'elle avait quelque chose dans l'œil.

Je ne sais pas ce qu'ils ont, Papa et Maman, ils ont l'air bien embêtés. Tellement embêtés que je n'ose pas leur dire que ça me fait une grosse boule dans la gorge quand je pense que je ne vais pas les voir pendant presque un mois. Si je le leur disais, je suis sûr qu'ils se moqueraient de moi et qu'ils me gronderaient.

Moi, je ne savais pas quoi faire en attendant l'heure de partir, et Maman n'a pas été contente quand j'ai vidé la valise pour prendre les billes qui étaient au fond.

– Le petit ne tient plus en place, a dit Maman à Papa. Au fond, nous ferions peut-être mieux de partir tout de suite.

6 **des espadrilles** *f* [ɛspadrij] des chaussures de plage – **un maillot de bain** Badehose – 13 **il valait mieux (***présent:* **il vaut mieux)** es wäre besser – 23 **gronder** schimpfen – 26 **vider qc** enlever tout ce qu'il y a dans qc

– Mais, a dit Papa, il manque encore une heure et demie jusqu'au départ du train.

– Bah! a dit Maman, en arrivant en avance, nous trouverons le quai vide et nous éviterons les bousculades et la confusion[2].

– Si tu veux, a dit Papa.

Nous sommes montés dans la voiture et nous sommes partis. Deux fois, parce que la première, nous avons oublié la valise à la maison.

A la gare, tout le monde était arrivé en avance. Il y avait plein de gens partout, qui criaient et faisaient du bruit. On a eu du mal à trouver une place pour mettre la voiture, très loin de la gare, et on a attendu Papa, qui a dû revenir à la voiture pour chercher la valise qu'il croyait que c'était Maman qui l'avait prise. Dans la gare, Papa nous a dit de rester bien ensemble pour ne pas nous perdre. Et puis il a vu un monsieur en uniforme, qui était rigolo parce qu'il avait la figure toute rouge et la casquette de travers.

– Pardon, monsieur, a demandé Papa, le quai numéro 11, s'il vous plaît?

– Vous le trouverez entre le quai numéro 10 et le quai numéro 12, a répondu le monsieur. Du moins, il était là-bas la dernière fois que j'y suis passé.

– Dites donc, vous... a dit Papa; mais Maman a dit qu'il ne fallait pas s'énerver ni se disputer, qu'on trouverait bien le quai tout seuls.

Nous sommes arrivés devant le quai, qui était plein, plein, plein de monde, et Papa a acheté, pour lui et Maman, trois tickets de quai. Deux pour la première fois et un pour quand il est retourné chercher la valise qui était restée devant la machine qui donne les tickets.

4 **la bousculade** Gedränge – 13 **la valise qu'il croyait que...** *fam (C'est Nicolas qui parle et la tournure n'est pas correcte, on dirait:)* la valise parce qu'il croyait que... – 17 **une casquette** Mütze – **de travers** qui n'est pas droit – 21 **du moins** zumindest

– Bon, a dit Papa, restons calmes. Nous devons aller devant la voiture Y.

Comme le wagon qui était le plus près de l'entrée du quai, c'était la voiture A, on a dû marcher longtemps, et ça n'a pas été facile, à cause des gens, des chouettes petites voitures pleines de valises et de paniers et du parapluie du gros monsieur qui s'est accroché au filet à crevettes, et le monsieur et Papa se sont disputés, mais Maman a tiré Papa par le bras, ce qui a fait tomber le parapluie du monsieur qui était toujours accroché au filet à crevettes. Mais ça s'est très bien arrangé, parce qu'avec le bruit de la gare, on n'a pas entendu ce que criait le monsieur.

Devant le wagon Y, il y avait des tas de types de mon âge, des papas, des mamans et un monsieur qui tenait une pancarte[3] où c'était écrit «Camp Bleu»: c'est le nom de la colonie de vacances où je vais. Tout le monde criait. Le monsieur à la pancarte avait des papiers dans la main, Papa lui a dit mon nom, le monsieur a cherché dans ses papiers et il a crié: «Lestouffe! Encore un pour votre équipe!»

Et on a vu arriver un grand, il devait avoir au moins dix-sept ans, comme le frère de mon copain Eudes, celui qui lui apprend à boxer.

– Bonjour, Nicolas, a dit le grand. Je m'appelle Gérard Lestouffe et je suis ton chef d'équipe. Notre équipe, c'est l'équipe Œil-de-Lynx.

Et il m'a donné la main. Très chouette.

– Nous vous le confions, a dit Papa en rigolant.

– Ne craignez rien, a dit mon chef; quand il reviendra, vous ne le reconnaîtrez plus.

Et puis Maman a encore eu quelque chose dans l'œil et elle a dû sortir son mouchoir. Une dame, qui tenait par la main un petit garçon qui ressemblait[3] à Agnan, surtout à cause des lunettes, s'est approchée de mon chef et elle lui a dit:

6 **un panier** Korb – 25 **un lynx** [lɛ̃ks] Luchs – 27 **confier qc à qn** jdm etwas anvertrauen

– Vous n'êtes pas un peu jeune pour prendre la responsabilité de surveiller des enfants?

– Mais non, madame, a répondu mon chef. Je suis moniteur diplômé; vous n'avez rien à craindre.

– Ouais, a dit la dame, enfin… Et comment faites-vous la cuisine?

– Pardon? a demandé mon chef.

– Oui, a dit la dame, vous cuisinez au beurre, à l'huile, à la graisse? Parce que je vous préviens tout de suite, le petit ne supporte pas la graisse. C'est bien simple: si vous voulez qu'il soit malade, donnez-lui de la graisse!

– Mais madame… a dit mon chef.

– Et puis, a dit la dame, faites-lui prendre son médicament avant chaque repas, mais surtout pas de graisse; ce n'est pas la peine de leur donner des médicaments si c'est pour les rendre malades. Et faites bien attention qu'il ne tombe pas pendant les escalades.

– Les escalades? a demandé mon chef, quelles escalades?

– Eh bien, celles que vous ferez en montagne! a répondu la dame.

– En montagne? a dit mon chef. Mais il n'y a pas de montagnes où nous allons, à Plage-les-Trous.

– Comment! Plage-les-Trous? a crié la dame. On m'a dit que les enfants allaient à Sapins-les-Sommets. Quelle organisation! Bravo! Je disais bien que vous étiez trop jeune pour…

– Le train pour Sapins-les-Sommets, c'est à la voie 4, madame, a dit un monsieur en uniforme, qui passait. Et vous feriez bien de vous dépêcher, il part dans trois minutes.

– Oh! mon Dieu! a dit la dame, je n'aurai même pas le temps de leur faire des recommandations!

Et elle est partie en courant avec le type qui ressemblait à Agnan.

Et puis on a entendu un gros coup de sifflet et tout le monde

10 **la graisse** Fett – 17 **une escalade** (Berg-)Besteigung – 30 **faire des recommandations** donner des conseils

est monté dans les wagons en criant, et le monsieur en uniforme est allé voir le monsieur à la pancarte et il lui a demandé d'empêcher le petit imbécile qui jouait avec un sifflet de mettre la pagaille partout. Alors, il y en a qui sont descendus des wagons, et ce n'était pas facile à cause de ceux qui montaient. Des papas et des mamans criaient des choses, en demandant qu'on n'oublie pas d'écrire, de bien se couvrir et de ne pas faire de bêtises. Il y avait des types qui pleuraient et d'autres qui se sont fait gronder parce qu'ils jouaient au football sur le quai, c'était terrible. On n'a même pas entendu le monsieur en uniforme qui sifflait, il en avait la figure toute foncée, comme s'il revenait de vacances. Tout le monde a embrassé tout le monde et le train est parti pour nous emmener à la mer.

Moi, je regardais par la fenêtre, et je voyais mon papa et ma maman, tous les papas et toutes les mamans, qui nous faisaient «au revoir» avec leurs mouchoirs. J'avais de la peine. C'était pas juste, c'était nous qui partions, et eux ils avaient l'air tellement plus fatigués que nous. J'avais un peu envie de pleurer, mais je ne l'ai pas fait, parce qu'après tout, les vacances, c'est fait pour rigoler et tout va très bien se passer.

Et puis, pour la valise, Papa et Maman se débrouilleront sûrement pour me la faire porter par un autre train.

4 **la pagaille** *fam* [pagaj] la confusion, le désordre

Mon chéri,

Nous espérons que tu es bien sage, que tu manges tout ce qu'on te donne et que tu t'amuses bien. Pour la sieste, M. Rateau a raison; il faut que tu te reposes, et que tu dormes aussi bien après le déjeuner qu'après le diner. Si on te laissait faire, nous te connaissons, mon poussin, tu voudrais jouer même la nuit. Heureusement que tes supérieurs sont là pour te surveiller, et il faut toujours leur obéir. Pour le problème d'arithmétique, papa dit qu'il avait trouvé la solution, mais qu'il voulait que tu y arrives par toi-même…

(Extrait d'une lettre des parents de Nicolas à Nicolas)

Jeu de nuit

Hier soir, pendant le dîner, M. Rateau, qui est le chef du camp, parlait avec nos chefs d'équipe et ils se disaient des tas de choses à voix basse en nous regardant de temps en temps. Et puis, après le dessert – de la confiture de groseilles, c'était bien – on nous a dit d'aller vite nous coucher.

Notre chef d'équipe est venu nous voir dans notre baraque[2], il nous a demandé si on était en forme, et puis il nous a dit de nous endormir bien vite, parce qu'on aurait besoin de toutes nos forces.

– Pour quoi faire, chef? a demandé Calixte.

– Vous verrez, a dit le chef, et puis il nous a dit bonne nuit et il a éteint la lumière.

Moi, je sentais bien que cette nuit c'était pas comme les autres nuits, et j'ai vu que je ne pourrais pas dormir; ça me fait toujours ça quand je m'énerve avant de me coucher.

Je me suis réveillé tout d'un coup en entendant des cris et des coups de sifflet.

– Jeu de nuit! Jeu de nuit! Rassemblement pour le jeu de nuit! on criait dehors.

6 **un poussin** Küken (*hier:* ein Kosewort) – **un supérieur** *ici:* un chef – 14 **des groseilles** *f* Johannisbeeren – 27 **un sifflet** Trillerpfeife – 28 **un rassemblement** *ici:* un regroupement des enfants

On s'est tous assis dans notre lit, sauf Gualbert, qui n'avait rien entendu et qui dormait, et Paulin qui avait eu peur et qui pleurait sous sa couverture et on ne le voyait pas, mais on l'entendait et ça faisait: «Hmm hmm hmm»; mais nous on le connaît et on savait qu'il criait qu'il voulait retourner chez son papa et sa maman, comme il dit toujours.

Et puis la porte de notre baraque s'est ouverte, notre chef d'équipe est entré, il a allumé la lumière et il nous a dit de nous habiller tous en vitesse pour aller au rassemblement pour le jeu de nuit, et de bien nous couvrir avec nos chandails. Alors, Paulin a sorti sa tête de dessous sa couverture et il s'est mis à crier qu'il avait peur de sortir la nuit, et que de toute façon son papa et sa maman ne le laissaient jamais sortir la nuit, et qu'il n'allait pas sortir la nuit.

– Bon, a dit notre chef d'équipe, tu n'as qu'à rester ici.

Alors, Paulin s'est levé et ça a été le premier à être prêt et à sortir, parce qu'il disait qu'il avait peur de rester seul dans la baraque et qu'il se plaindrait à son papa et à sa maman.

On a fait le rassemblement au milieu du camp, et comme il était très tard la nuit et qu'il faisait noir, on avait allumé les lumières, mais on n'y voyait quand même pas beaucoup.

M. Rateau nous attendait.

– Mes chers enfants, nous a dit M. Rateau, nous allons faire un jeu de nuit. M. Genou, notre économe, que nous aimons tous bien, est parti avec un fanion. Il s'agit pour vous de retrouver M. Genou et de ramener son fanion au camp. Vous agirez par équipes, et l'équipe qui rapportera le fanion aura droit à une distribution supplémentaire de chocolat. M. Genou nous a laissé quelques indications qui vous permettront de le retrouver plus facilement; écoutez bien: «Je suis parti vers la Chine, et devant un tas de trois gros cailloux blancs...» Ça ne vous ferait rien de ne pas faire de bruit quand je parle?

10 **un chandail** [ʃɑ̃daj] un pull-over – 24 **un économe** *ici:* personne qui s'occupe de l'administration de la colonie – 26 **un fanion** Wimpel – 31 **un caillou** une petite pierre

Bertin a rangé son sifflet dans sa poche et M. Rateau a continué:

«– Et devant un tas de trois gros cailloux blancs, j'ai changé d'avis et je suis allé dans les bois. Mais pour ne pas me perdre, j'ai fait comme le Petit Poucet et...» Pour la dernière fois, voulez-vous cesser de jouer avec ce sifflet?

– Oh! pardon, monsieur Rateau, a dit un chef d'équipe, j'ai cru que vous aviez fini.

M. Rateau a fait un gros soupir, et il a dit:

– Bien. Vous avez là les indications qui vous permettront de retrouver M. Genou et son fanion si vous faites preuve d'ingéniosité[2], de perspicacité et d'initiative. Restez bien groupés par équipes, et que le meilleur gagne. Allez-y!

Et les chefs d'équipe ont donné des tas de coups de sifflet, tout le monde s'est mis à courir partout, mais sans sortir du camp, parce que personne ne savait où aller.

On était drôlement contents: jouer comme ça la nuit, c'est une aventure terrible.

– Je vais aller chercher ma lampe électrique, a crié Calixte.

Mais notre chef d'équipe l'a rappelé.

– Ne vous éparpillez pas, il nous a dit. Discutez entre vous pour savoir comment commencer vos recherches. Et faites vite si vous ne voulez pas qu'une autre équipe arrive avant vous à retrouver M. Genou.

Là, je crois qu'il n'y avait pas trop à s'inquiéter, parce que tout le monde courait et criait, mais personne n'était encore sorti du camp.

– Voyons, a dit notre chef d'équipe. Réfléchissez. M. Genou a dit qu'il était parti vers la Chine. Dans quelle direction se trouve ce pays d'Orient?

– Moi, j'ai un atlas où il y a la Chine, nous a dit Crépin. C'est ma tante Rosalie qui me l'a donné pour mon anniversaire; j'aurais préféré un vélo.

5 **le Petit Poucet** der Däumling (Märchenfigur) – 12 **la perspicacité** [pɛrspikasite] Scharfsinn – 21 **s'éparpiller** aller dans tous les sens

– Moi, j'ai un chouette vélo, chez moi, a dit Bertin.

– De course? j'ai demandé.

– L'écoute pas, a dit Crépin, il raconte des blagues!

– Et la baffe que tu vas recevoir, c'est une blague? a demandé Bertin.

– La Chine se trouve à l'Est! a crié notre chef d'équipe.

– Et l'Est, c'est où? a demandé un type.

– Hé, chef, a crié Calixte, ce type, il est pas de chez nous! C'est un espion[2]!

– Je suis pas un espion, a crié le type. Je suis de l'équipe des Aigles, et c'est la meilleure équipe de la colo[1]!

– Eh bien, va la rejoindre[3], ton équipe, a dit notre chef.

– C'est que je sais pas où elle est, a dit le type, et il s'est mis à pleurer.

Il était bête, le type, parce qu'elle ne devait pas être bien loin, son équipe, puisque personne n'était encore sorti du camp.

– Le soleil, a dit notre chef d'équipe, se lève de quel côté?

– Il se lève du côté de Gualbert, qui a son lit à côté de la fenêtre! Même qu'il se plaint que ça le réveille, a dit Jonas.

– Hé! chef, a crié Crépin, il est pas là, Gualbert!

– C'est vrai, a dit Bertin, il s'est pas réveillé. Il dort drôlement, Gualbert. Je vais aller le chercher.

– Fais vite! a crié le chef.

Bertin est parti en courant et puis il est revenu en disant que Gualbert avait sommeil et qu'il ne voulait pas venir.

– Tant pis pour lui, a dit le chef. Nous avons perdu assez de temps comme ça!

Mais comme personne n'était encore sorti du camp, ce n'était pas bien grave.

Et puis, M. Rateau, qui était resté debout au milieu du camp, s'est mis à crier:

3 **une blague** *fam* une histoire qui n'est pas vraie – 4 **une baffe** *fam* un coup sur la figure, une claque – 11 **un aigle** Adler – 26 **avoir sommeil** avoir besoin de dormir – 27 **tant pis** c'est dommage

– Un peu de silence! Les chefs d'équipe, faites de l'ordre! Réunissez vos équipes pour commencer le jeu!

Ça, ça a été un drôle de travail, parce que dans le noir on s'était un peu mélangés. Chez nous, il y en avait un des Aigles et deux des Braves. Paulin, on l'a vite retrouvé chez les Sioux, parce qu'on a reconnu sa façon de pleurer. Calixte était allé espionner chez les Trappeurs[2], qui cherchaient leur chef d'équipe. On rigolait bien, et puis il s'est mis à pleuvoir fort comme tout.

– Le jeu est suspendu! a crié M. Rateau. Que les équipes retournent dans leurs baraques!

Et ça ça a été vite fait, parce qu'heureusement, personne n'était encore sorti du camp.

M. Genou, on l'a vu revenir le lendemain matin, avec son fanion, dans la voiture du fermier qui a le champ d'orangers. Après, on nous a dit que M. Genou s'était caché dans le bois de pins. Et puis, quand il s'était mis à pleuvoir, il en avait eu assez de nous attendre et il avait voulu revenir au camp. Mais il s'était perdu dans les bois et il était tombé dans un fossé plein d'eau. Là, il s'était mis à crier et ça avait fait aboyer[3] le chien du fermier. Et c'est comme ça que le fermier avait pu trouver M. Genou et le ramener dans sa ferme pour le sécher et lui faire passer la nuit.

Ce qu'on nous a pas dit, c'est si on avait donné au fermier la distribution supplémentaire de chocolat. Il y avait droit, pourtant!

8 **fort comme tout** *fam* très fort – 10 **suspendre qc** arrêter qc

Souvenirs de vacances

Moi, je suis rentré de vacances; j'étais dans une colo, et c'était très bien.

Quand nous sommes arrivés à la gare avec le train, il y avait tous les papas et toutes les mamans qui nous attendaient. C'était terrible: tout le monde criait, il y en avait qui pleuraient parce qu'ils n'avaient pas encore retrouvé leurs mamans et leurs papas, d'autres qui riaient parce qu'ils les avaient retrouvés, les chefs d'équipe qui nous accompagnaient sifflaient pour que nous restions en rang, les employés de la gare sifflaient pour que les chefs d'équipe ne sifflent plus, ils avaient peur qu'ils fassent partir les trains, et puis j'ai vu mon papa et ma maman, et là, ça a été chouette comme je ne peux pas vous dire. J'ai sauté dans les bras de ma maman, et puis dans ceux de mon papa, et on s'est embrassés, et ils m'ont dit que j'avais grandi, que j'étais tout brun, et maman avait les yeux mouillés et papa il rigolait doucement en faisant «hé hé» et il me passait sa main sur les cheveux, moi j'ai commencé à leur raconter mes vacances, et nous sommes partis de la gare, et papa a perdu ma valise.

J'ai été content de retrouver la maison, elle sent bon, et puis ma chambre avec tous les jouets, et maman est allée préparer le déjeuner, et ça c'est chouette, parce qu'à la colo, on mangeait bien, mais maman cuisine mieux que tout le monde, et même quand elle rate un gâteau, il est meilleur que n'importe quoi que vous ayez jamais mangé. Papa s'est assis dans un fauteuil pour lire son journal et moi je lui ai demandé:

– Et qu'est-ce que je fais maintenant?

– Je ne sais pas moi, a dit papa, tu dois être fatigué du voyage, va te reposer dans ta chambre.

– Mais je ne suis pas fatigué, j'ai dit.

– Alors va jouer, m'a dit papa.

– Avec qui? j'ai dit.

– Avec qui, avec qui, en voilà une question! a dit papa. Avec personne, je suppose.

– Moi je sais pas jouer tout seul, j'ai dit, c'est pas juste, à la colo, on était des tas de copains et il y avait toujours des choses à faire.

Alors papa a mis le journal sur ses genoux, il m'a fait les gros yeux et il m'a dit: «Tu n'es plus à la colo ici, et tu vas me faire le plaisir d'aller jouer tout seul!» Alors moi je me suis mis à pleurer, maman est sortie en courant de la cuisine, elle a dit: «Ça commence bien», elle m'a consolé et elle m'a dit qu'en attendant le déjeuner, j'aille jouer dans le jardin, que peut-être je pourrais inviter Marie-Edwige qui venait de rentrer de vacances. Alors je suis sorti en courant pendant que maman parlait avec papa. Je crois qu'ils parlaient de moi, ils sont très contents que je sois revenu.

Marie-Edwige, c'est la fille de M. et Mme Courteplaque, qui sont nos voisins. M. Courteplaque est chef du rayon de chaussures aux magasins du «Petit Epargnant», troisième étage, et il se dispute souvent avec papa. Mais Marie-Edwige, elle est très chouette, même si c'est une fille. Et là, c'était de la veine, parce que quand je suis sorti dans notre jardin, j'ai vu Marie-Edwige qui jouait dans le sien.

– Bonjour Marie-Edwige, j'ai dit, tu viens jouer dans le jardin avec moi?

– Oui, a dit Marie-Edwige, et elle est passée par le trou dans la haie que papa et M. Courteplaque ne veulent pas arranger parce que chacun dit que le trou est dans le jardin de l'autre. Marie-Edwige, depuis que je l'ai vue la dernière fois avant les vacances, est devenue toute foncée, et avec ses yeux tout bleus et ses cheveux tout blonds, ça fait très joli. Non, vraiment, même si c'est une fille, elle est très chouette, Marie-Edwige.

– T'as passé de bonnes vacances? m'a demandé Marie-Edwige.

– Terribles! je lui ai dit. J'étais dans une colo, il y avait des équipes, et la mienne c'était la meilleure, elle s'appelait «Œil-de-Lynx» et c'était moi le chef.

17 **la veine** *fam* la chance – 23 **la haie** ['ɛ] Hecke – 26 **foncé,e** *ici:* brun,e

– Je croyais que les chefs c'étaient des grands, m'a dit Marie-Edwige.

– Oui, j'ai dit, mais moi, j'étais l'aide du chef, et il ne faisait rien sans me demander. Celui qui commandait vraiment, c'était moi.

– Et il y avait des filles, dans la colo? m'a demandé Marie-Edwige.

– Peuh! j'ai répondu, bien sûr que non, c'était trop dangereux pour les filles. On faisait des choses terribles, et puis moi, j'ai dû en sauver deux qui se noyaient.

– Tu racontes des blagues, m'a dit Marie-Edwige.

– Comment des blagues? j'ai crié. C'est pas deux fois, mais trois, j'en avais oublié un. Et puis à la pêche, c'est moi qui ai gagné le concours, j'ai sorti un poisson, comme ça! et j'ai écarté[3] les bras autant que je pouvais et Marie-Edwige s'est mise à rigoler comme si elle ne me croyait pas. Et ça, ça ne m'a pas plu; c'est vrai, avec les filles on ne peut pas parler. Alors, je lui ai raconté la fois où j'avais aidé la police à retrouver un voleur qui était venu se cacher dans le camp et la fois où j'avais nagé jusqu'au phare et retour, et tout le monde était très inquiet, mais quand je suis revenu à la plage, tout le monde m'avait félicité et avait dit que j'étais un champion terrible, et puis la fois aussi, où tous les copains du camp s'étaient perdus dans la forêt, pleine de bêtes sauvages, et moi je les avais retrouvés.

– Moi, a dit Marie-Edwige, j'étais à la plage avec ma maman et mon papa, et je me suis fait un petit copain qui s'appelait Jeannot et qui était terrible pour les galipettes...

– Marie-Edwige! a crié Mme Courteplaque qui était sortie de la maison, reviens tout de suite, le déjeuner est servi!

– Je te raconterai plus tard, m'a dit Marie-Edwige, et elle est partie en courant par le trou de la haie.

Quand je suis rentré dans ma maison, papa m'a regardé et il m'a dit: «Alors, Nicolas, tu as retrouvé ta petite camarade? Tu es de meilleure humeur maintenant?» Alors, moi, j'ai pas ré-

20 **un phare** Leuchtturm – 27 **une galipette** *fam* Purzelbaum

pondu, je suis monté en courant dans ma chambre et j'ai donné un coup de pied dans la porte de l'armoire.

C'est vrai, quoi, à la fin, qu'est-ce qu'elle a Marie-Edwige à me raconter des tas de blagues sur ses vacances? D'abord, ça ne m'intéresse pas.

Et puis son Jeannot, c'est un imbécile et un laid!

6 **laid,e ≠ beau**

Questions

Le chouette bol d'air

1. Essayez de dessiner un plan pour aller de la maison de Nicolas chez Monsieur Bongrain.
2. Quels sont les avantages et les inconvénients de la campagne pour les Bongrain?
3. Vous êtes un des trois personnages de la famille Bongrain, M. Bongrain, Mme Bongrain, ou Corentin. Racontez votre journée à la campagne.
4. Commentez ce que dit M. Bongrain: «... Il ne faut pas être égoïste, mon vieux! Pour la femme et le gosse, tu ne peux pas savoir le bien que ça leur fait, cette détente et ce bol d'air, tous les dimanches!»
5. Est-ce que vous aimeriez avoir une maison de campagne? Recherchez en groupe les avantages et les désavantages et faites-en la liste.

Les crayons de couleur

1. Cherchez dans le début du texte ce qui énerve la mère de Nicolas (ligne 1 à 24).
2. Pourquoi est-ce drôle de voir le père de Nicolas tomber à cause du crayon jaune?
3. A vous de jouer! Conjuguez vous aussi au futur et au passé composé: «Je ne dois pas prendre prétexte des crayons de couleur pour interrompre le cours et semer le désordre dans la classe.»
4. Inventez une autre anecdote où les crayons de Nicolas pourraient provoquer une nouvelle catastrophe.

La pluie

1. Expliquez pourquoi la pluie amuse Nicolas et ses copains.
2. Relevez dans le texte tout ce qui caractérise la maîtresse. Comment trouvez-vous son attitude? Est-ce que vous agiriez comme elle si vous étiez à sa place?
3. Pourquoi est-ce que personne n'a envie de s'asseoir à côté d'Agnan, sauf pendant les compositions?
4. Que pensez-vous du directeur de l'école et de ses remarques?
5. Pourquoi est-ce que l'institutrice a l'air embêtée quand le directeur défend aux enfants d'aller dans la cour?
6. Quelles sont les différences entre l'ambiance de votre école et celle de l'école du petit Nicolas?

Les athlètes

1. Expliquez pourquoi un terrain vague offre de bonnes possibilités de jeu.
2. Résumez les différentes épreuves d'athlétisme que les enfants proposent.
   Pourquoi est-ce que les épreuves ne marchent pas?
3. Pourquoi est-ce que Clotaire aurait gagné de toute façon au jet de marteau?
4. Comment l'histoire pourrait-elle finir? Inventez la fin. (Par exemple une scène entre l'épicier et les enfants.)
5. Racontez un jeu que vous avez inventé avec des copains (jeu collectif ou farce par exemple).

Il faut être raisonnable

1. Décrivez l'attitude des parents vis-à-vis de Nicolas. Pourquoi ont-ils peur d'annoncer à Nicolas qu'il va aller en colonie de vacances?

2. Pourquoi est-ce que Nicolas a peur quand on lui annonce qu'il est un grand garçon?
3. Expliquez la réaction de Nicolas et les raisons de sa joie quand il apprend qu'il part en colonie.
4. Comment réagissent ses parents? Pour quelles raisons?
5. A votre avis, est-ce que Nicolas comprend vraiment les réactions de ses parents? Expliquez l'effet comique.
6. Jeu de rôles:
   Imaginez que vous avez à annoncer une nouvelle désagréable, par exemple que vous ne voulez pas partir en vacances avec vos parents, ou que vous avez eu de mauvais résultats en classe. Comment faites-vous? Notez les mots clés, choisissez un partenaire et jouez la scène à deux.

Le départ

1. Que pensez-vous du contenu de la valise de Nicolas?
2. Qu'est-ce que vous emportez dans votre valise quand vous partez en vacances? Notez ce qui vous semble le plus important.
3. Trouvez les phrases qui décrivent l'énervement des parents de Nicolas. Montrez qu'ils ne veulent pas s'énerver mais qu'ils ont le résultat contraire.
4. Racontez ce qui arrive à la valise de Nicolas du début à la fin de l'histoire.
5. Cherchez les passages du récit qui décrivent le monde des adultes vu par Nicolas.
6. Trouvez dans le récit les expressions qui montrent bien que c'est un enfant qui parle.
7. Quels sont les sentiments de Nicolas quand le train part?
8. Travail d'équipe:
   Faites un sketch que vous pourrez jouer au cours de français. Ecrivez-le à partir des dialogues du récit: le père, la mère, l'employé de la gare, le monsieur à la pancarte, le chef d'équipe, la dame et ... le petit Nicolas. Amusez-vous bien!